ÉCHOS DE FRANCE

RECUEIL

1871 — 1874

Ah! c'est assez gémir, ange de la douleur!
Laisse un rayon d'espoir se glisser en mon cœur,
Pitié! je suis si jeune encore....
Je n'ai pas vu vingt fois le temps de la moisson,
Et la feuille des bois tomber sur le gazon,
Et déjà le chagrin me froisse et me dévore!
(Élise MOREAU.)

PARIS

1874

ÉCHOS
DE FRANCE

PARIS. — TYPOGRAPHIE LAHURE
Rue de Fleurus, 9

ÉCHOS
DE FRANCE

RECUEIL

1871—1874

PAR DOLORÈS ***

Ah ! c'est assez gémir, ange de la douleur !
Laisse un rayon d'espoir se glisser en mon cœur,
Pitié ! je suis si jeune encore....
Je n'ai pas vu vingt fois le temps de la moisson,
Et la feuille des bois tomber sur le gazon,
Et déjà le chagrin me froisse et me dévore !
(Élise MOREAU.)

PARIS

1874

A MON LECTEUR.

Je ne suis pas poëte, mais on est rimeur quand on veut.

Je suis donc rimeur aujourd'hui par circonstance; c'est vous dire, mon cher lecteur, que je réclame votre indulgence pour l'écho inconnu.

DOLORÈS ***

Avril 1874.

PRIS SUR LE JOURNAL D'UNE JEUNE FILLE

A

MA MEILLEURE AMIE.

Quand le ciel me donna la vie
J'étais bien digne de pitié,
Vous m'avez prise en amitié,
Et me voilà digne d'envie !...
Quel changement vous avez fait !
C'est une seconde naissance.
Hélas ! comment puis-je au bienfait
Égaler la reconnaissance ?
Un cœur sensible est le seul bien
Que m'ait accordé la nature ;
Des cœurs vous en avez à choisir sans le mien,
Mais du moins l'offrande en est pure.
Quoi ! mon amour vous attendrit
Et votre bouche me sourit !

Tendez-moi cette main si chère
Qui me protége et me défend ;
Vous m'adoptez pour votre enfant,
Aurais-je mieux choisi ma mère !

L'AMITIÉ.

Les amis sont sur cette terre
Des parents choisis par le cœur;
C'est pourquoi l'amitié sincère
Met en commun joie et douleur.

Vous qui méconnaissez les dons de l'amitié
Et qui n'acceptez pas cette modique obole;
Quand ce doux sentiment vous trouve sans pitié
Vous croyez qu'il trahit.... moi, je dis qu'il console.
Oh! va près d'un ami, pauvre cœur désolé;
Et ta main dans sa main écoute sa parole,
De tes longues douleurs tu seras consolé.

Vous préférez l'amour; mais voyez ce qu'il donne :
C'est la haine souvent, le dégoût qu'il produit;
Et la douce amitié se dévoue et pardonne.
L'amour n'est qu'une fleur; l'amitié, c'est un fruit.

L'un se fane bientôt, l'autre se fortifie....
Généreuse toujours, quand d'elle on se défie
Elle sourit encore. Elle aime sans retour.
Croyez-vous qu'il en soit de même de l'amour?

O divine amitié, ne serais-tu qu'un rêve
Où du cœur des mortels l'illusion s'achève?...
Devrais-je me tromper, je garde mon erreur.
Il est si doux d'aimer l'ami dans son malheur;
De soutenir ce bras qui sur nos bras s'appuie!
Semblable aux jeunes fleurs que fait naître la pluie,
Quand la pitié s'étend aux humaines douleurs,
Les tendres amitiés éclosent sous les pleurs.
Par ce doux sentiment la vie est ranimée.
L'âme hautaine est à plaindre! Elle n'est point aimée!

1871.

APRÈS UNE VISITE. — PORTRAIT.

Gâté par le Seigneur, il reçut la beauté.
En lui sont réunis tous les dons qu'on admire.
On voudrait croire aussi qu'il y joint la bonté.
Regardez cependant ce froid et fier sourire.
Georges, songez-y bien, perdez votre air moqueur
Et chassez l'égoïsme, écoutez votre cœur.
Sachez, quand on est beau, qu'il faut être bon sire.

Mars 1871.

CHARADE.

De mon charmant premier le doux parfum m'enivre.
Ma chambrette souvent se pare de sa fleur;
Puis à chaque printemps, j'aime à la voir revivre;
Et pour tous mes sachets, je choisis son odeur.

Elle me représente un beau rêve, un mirage;
Je la nomme pour moi fleur du cher souvenir.
C'est un rare joyau dont la brillante image
Pourrait bien soulever plus d'un ardent soupir.

Quand j'entends mon second mon âme est palpitante
Dans la voix de mon tout, c'est un chant triste et doux,
Je l'écoute en silence, et ma prière ardente
Pour deux monte vers Dieu que j'implore à genoux.

Deux vaillants chevaliers forment mon tout, lectrice,
Grands, élégants, très-beaux, idéals, ravissants,
L'air en tout et toujours de vrais princes charmants,
Qui pourraient ici-bas faire plus d'un caprice.

Avez-vous deviné mes deux princes charmants?
Après avoir cherché, vous avez un déboire.
Eh bien!... l'un est créé pour un héros d'histoire,
L'autre pourrait servir de héros aux romans.

1871.

LA ROSE.

A MA CHARMANTE AMIE, LA COMTESSE A. P.

Elle était blanche sur sa tige ;
Je m'approchai pour la cueillir ;
Aussitôt je la vis rougir,
Je fus surprise du prodige.
Mais depuis j'ai pu découvrir
D'où lui vient sa couleur nouvelle.
Elle a rougi, sais-tu pourquoi?
C'est en voyant qu'elle est moins belle
Que toi.

Août 1873.

A UN PATRIOTE, LE COMTE A. P.

De nos pauvres soldats blessés au champ d'honneur
Vous fûtes à la fois le père et le sauveur;
On vous a vu sur eux, en essuyant leurs larmes,
Verser des pleurs amers qui n'étaient pas sans charmes.
Pour prix de vos bienfaits trop peu connus encor,
Aujourd'hui l'amitié, dont vous êtes bien digne,
Se plaît à vous offrir un glorieux insigne
Plus cher à votre cœur que le plus beau trésor.
Conservez ce don d'une amie
Qui loin de vous passe ses jours;
Et que les roses de la vie
Puissent pour vous fleurir toujours!

Août 1873.

A MON AMIE MADEMOISELLE FÉLICITÉ

AU CHATEAU DE G***.

Chaque jour, vers le soir, je te vois comme une ombre
Parcourir de ton parc l'allée unie et sombre,
Blonde et rêveuse amie, et diriger tes pas
Vers le ruisseau bruissant, vers la Vierge au lilas.
Du murmure des eaux, la plaintive harmonie
T'inspire. — Aux doux reflets de la lune pâlie
Je te vois à genoux, dans de divins élans
De ta reconnaissance offrir à Dieu l'encens.
La Vierge des combats, protectrice des mères,
Vous sauvegarda tous des bombes meurtrières ;
Et sa belle statue en tout temps redira
Du haut de ce rocher : La Vierge les sauva.

En invoquant le ciel, pense à ta triste amie
Hélas !... trop loin de toi, mais qui jamais n'oublie,
Et dont le cœur aimant, de ta douce beauté
Garde le souvenir, ô ma Félicité.

Septembre 1873.

SUR UN ALBUM.

Rêver, rêver à vous, sans pouvoir vous le dire,
Emplir en vains soupirs les cordes de ma lyre,
De doux pensers pour vous sentir battre mon cœur,
En tout, toujours vous voir, croire entendre la brise
Me murmurer tout bas le seul nom que je dise :
Voilà tout mon bonheur !

C'EST AINSI QUE JE L'AI CONNU.

C'était un soir d'hiver; la fatale bataille
S'éteignait au lointain sous les murs de Paris.
Quelques vieux murs crevés, qu'ébranlait la mitraille,
Jonchaient notre chemin de leurs tristes débris.
La voiture tremblait quand éclatait la bombe;
Mais par le désespoir, notre cœur affermi
Ne songeait qu'à pleurer cette immense hécatombe
Qui mêlait notre sang au sang de l'ennemi.
Le doux être adoré qui me tint lieu de mère
Priait pour nos blessés; je priais pour mon père,
L'un des vieux combattants qui voyait cette guerre
Sans espoir, mais debout. Qu'était-il devenu ? —
Au détour du chemin, tout à coup, sur la plaine,
Apparaît un blessé, dans la nuit incertaine,
Pâle, et sur son cheval se soutenant à peine....
C'est ainsi que je l'ai connu !

Il était tout sanglant, et sur sa tête altière
On voyait la douleur d'une âme ardente et fière
Se mêler à l'horreur de n'être qu'un vaincu.
Pourtant sur sa poitrine et malgré la nuit noire,
Lorsqu'il semblait nous dire : « Hélas ! j'ai trop vécu ! »
Je vis étinceler l'étoile de la gloire ;
Et le sang ennemi teignait son sabre nu.
Il avait au plus fort de la mêlée ardente
Présenté sa poitrine à la balle fumante.
Elle était maintenant entr'ouverte et saignante.
C'est ainsi que je l'ai connu !

C'était de la patrie une vivante image....
Sa douleur noble et calme après le grand carnage....
Son front ensanglanté qu'inclinait le malheur....
Puis les fiers souvenirs de l'antique courage,
L'espoir des jours meilleurs qui laveraient l'outrage....
— C'était le grand vaincu qui conservait l'honneur ! —
Aussi voyant venir ce cavalier dans l'ombre,
Je rêvais de la France en mon cœur ingénu !
Et je disais : Il vient à nous l'avenir sombre....
C'est ainsi que je l'ai connu !

Mais déjà l'officier s'approche et nous supplie.
Et malgré notre effroi, vite à sa main pâlie

Nous tendons notre main. Par le mors contenu
Son cheval bondissant s'arrête et le dépose.
Et bientôt près de nous, le blessé se repose.
C'est ainsi que je l'ai connu !

Là, dans cette voiture, à la bombe exposée,
Sous le souffle brûlant d'une bouche oppressée,
Ce soldat malheureux, mais bénissant nos noms,
Regrettait de se voir éloigné des canons. —
Et la fièvre et le froid, le deuil et les blessures
Lui faisaient murmurer des paroles peu sûres. —
Mais sa reconnaissance et son air contenu
Dérobaient à nos yeux cette souffrance amère
Malgré la sueur, le sang, la poudre et la poussière...
C'est ainsi que je l'ai connu !

Il guérit. Et depuis je le vois comme en rêve
Passer tantôt hautain et tantôt gémissant.
La nuit je crois l'entendre, et mon sein se soulève ;
Et, sous ses cris vengeurs, mon cœur est frémissant.
Oh ! qu'avions-nous donc fait, jeunes infortunées,
Aux hasards de la vie, aux vagues destinées... ?
Et pourquoi l'ai-je ainsi connu !

C'est qu'il nous appelait bonnes et courageuses,
Et de l'avoir aidé nous étions tout heureuses,

Puis nous l'aimions déjà comme un frère inconnu.
Mais il s'est éloigné quand le malheur m'excède,
Lorsqu'un cruel vautour me poursuit et m'obsède,
Et, blessée à mon tour, je mourrai sans son aide !
Oh ! pourquoi l'ai-je ainsi connu !

Novembre 1873.

A UNE COMPAGNE

MADEMOISELLE JEANNE D***.

J aime à la voir souvent, aimable, souriante.
Elle unit à l'esprit un parfait jugement.
Ah! le penseriez-vous? elle est vive et prudente,
N'a que le noble orgueil; mais elle a son moment.—
Non pas que je la croie ou fantasque ou boudeuse :
Enfant au front pensif, elle n'est que rêveuse !

Février 1874.

L'ÉTOILE AU POËTE.

(RÉPONSE.)

Non, tu n'as pas compris l'adorable message
Dont un cœur de quinze ans m'a confié l'essor ;
Sur les bords de l'Arno, son ravissant langage
Doit infirmer l'arrêt qu'en vain dictait le sort.

Elle sait que la vie est un triste voyage,
Et qu'on peut sans regret voir s'approcher le port.... —
— Car toute lèvre humaine, au terrestre rivage,
Boit bientôt l'amertume au fond des coupes d'or....

Mais que, pour l'accomplir, il existe une route,
Une seule !... de foi, d'espérance toujours ! —

Et que Dieu mit aux mains du voyageur qui doute
Deux célestes appuis : l'amitié, puis l'amour.

.... Lui dire que l'erreur a déchiré ta vie,
Et qu'au trésor charmant de son cœur vierge encor
Tu ne pourrais offrir à son âme ravie
Que d'éternels regrets et de tristes remords....

Que tu n'as pas le droit.... que ta course est maudite....
Qu'à jamais tu tombas foudroyé par le sort....
Et qu'en ce tendre cœur, qui doucement palpite,
Tu ne peux accoupler la vie avec la mort....

Oh ! tais-toi, par pitié ! Défends plutôt à l'âme
D'adorer le Seigneur, qu'à la vierge d'aimer.
Non, il n'est pas maudit celui dont une femme
A distingué le nom qui paraît la charmer.

Oh ! tais-toi, par pitié ! dis-nous plutôt : Étoiles,
Vous n'embellirez plus l'Italie au ciel bleu.
Sur nos splendides fronts, répands de sombres voiles;
Mais ne repousse pas le cœur qui vient de Dieu.

L'homme est si faible, hélas! L'espoir est son idole;
Et lorsqu'il le voudrait, peut-il toujours pleurer?
Quand la douce amitié t'arrive et te console,
Cette aurore d'amour doit enfin t'éclairer.

Mais qui sait? n'as-tu pas, déjà sur ton passage,
Fait tressaillir une âme et méprisé ses vœux?...
— Que d'avenirs humains l'égoïsme ravage! —
As-tu brisé des cœurs qui t'eussent fait heureux?

Oh! peut-être, il existe au beau pays de France,
Généreuse et fidèle, une vierge à l'œil noir,
Dont l'appel de ton nom fait naître la souffrance
En rappelant en elle un chagrin sans espoir.

Peut-être une autre enfant prie et pleure dans l'ombre
Au triste souvenir d'un amour méconnu.
Il est bien malheureux celui qu'une voix sombre
Accuse par ce cri : Pourquoi l'ai-je connu?

Et pourtant, le sais-tu? le grand cœur de la femme,
Comme celui de Dieu, quand il aime est si bon!
Il oublie, il se tait. Sa bienfaisante flamme
Répand aux cœurs blessés l'amour et le pardon.

Mais il ne faudrait pas d'une voix imprudente
Interroger l'enfant par des mots incompris,
Puis dire : Rien n'est là ; mais rien ! quand l'innocente
Comprime dans son cœur ses sentiments surpris.

N'use donc pas ta vie aux cailloux de la route,
Laissant l'illusion aux ronces du chemin,
Et n'abandonne pas à la froideur du doute
L'aimante et blonde enfant qui tend vers toi la main.

Quand tu jettes la vierge à d'autres qu'elle évite,
Tu fais rougir son front sous un refus cruel.
Ah ! suis plutôt l'appel du destin qui t'invite
A retrouver sur terre une image du ciel.

Je n'irai pas briller, Étoile d'Italie,
Sur le front de la vierge au teint pur et vermeil ;
Et je n'enverrai pas ma lumière pâlie
Saluer d'un refus son paisible réveil.

Février 1874.

UN LAURIER.

O mon laurier, arbuste frêle,
Toi, qui seul connais mon secret,
Témoin attristé, mais fidèle,
Qui m'en retrace chaque trait,

Seul hôte animé de ma chambre,
Depuis trois ans, te souvient-il
De ce mois sombre de décembre
Où tu souffrais sous le grésil ?

Te rappelles-tu qu'une bombe
Des Prussiens abhorrés, brisa
Ta caisse.... en entr'ouvrant la tombe
Pour des soldats qu'elle écrasa?

L'un d'eux, pauvre blessé lui-même,
Réunit tes rameaux sauvés.
Soignez-les, dit-il, c'est l'emblème
Des blessés que vous conservez.

Ils reverdiront pour la France
Les lauriers, les blessés aussi.
L'avenir reste, et l'espérance,
La force est là!... l'honneur ici.

Depuis, pauvre laurier, ta vie est incertaine.
Quand le premier printemps répandit sur la plaine
La vie et les parfums, les amours et les fleurs,
Ta tête se pencha comme un blessé succombe;
Avait-elle entendu la fratricide bombe
Creuser pour des Français une nouvelle tombe
Sans qu'elle espérât voir s'épuiser nos malheurs?

Où n'est-ce pas plutôt que ta tête se penche
En voyant ma douleur? O mon triste laurier,
Si je devais cueillir une fleur sur ta branche,
C'était pour la donner à mon cher chevalier.
Tu sais....— Je l'avais dit: — Oui, ta fleur, la première
Sur sa mâle poitrine, elle devait s'ouvrir;

Ma main devait l'y mettre.... Et j'aurais été fière
Qu'elle y brille un seul jour avant de se flétrir.

Il devait revenir!... Et toi, fidèle arbuste,
Les deux derniers printemps n'ont pu te réjouir.
Loin de l'ami qu'on pleure, est-ce qu'il serait juste
Que la rose ou le cœur veuille s'épanouir?
Et quand l'été passé tu portas cette rose
Languissante et pâlie et perdant ses couleurs;
Est-ce un présage aussi? L'aube la vit éclose,
Puis tomber feuille à feuille ainsi que font des pleurs.

L'absent, hélas! l'absent n'a pas tenu parole;
Est-ce oubli?... Tu le crois, et tu perds ta corolle....
Ta pauvre fleur flétrie est l'image du sort. —
Et moi qui l'attendis longtemps.... l'âme attentive,
Écoutant chaque pas qui passait sur la rive!
Hélas! c'était en vain. Mon Dieu!... pourvu qu'il vive.
Il faut tout oublier.... Oh! peut-être il est mort! —

Non. Il m'oublie. Arbuste frêle,
Toi, qui seul connais mon secret,
Témoin attristé, mais fidèle,
Qui meurs comme moi sous ce trait.

Pour les uns arbre de la gloire,
Emblème de félicité,
Fleur qui couronne la victoire,
— Pour moi, fleur de l'adversité.

J'ai vu notre France flétrie,
Brisée ainsi que tes rameaux
Que les blessés de ma patrie
M'ont offerts comme des drapeaux.

Puis, j'ai senti l'oubli suprême
Oppresser mon cœur trop longtemps.
Il est épuisé. La mort même
Vient me guérir, à mon printemps !

Qu'on grave en ma tombe isolée
Ce nom seul : Dolorès!... Puis, toi
Laurier, sois tout mon mausolée
Étends tes branches près de moi.

S'il vient, laisse une fois encore
Un de tes boutons s'entr'ouvrir.
Il dira, le voyant éclore,
Puis tomber.... « C'est trop tôt mourir ! »

Il dira, pauvre fataliste :
« La mort aime le fruit nouveau. »
Puis il cueillera ta fleur triste,
Butin virginal du tombeau.

Posée alors sur sa poitrine,
Si quelques pleurs mouillent son œil,
Dis : « Versez-les sur ma racine,
« Ils iront jusqu'à son cercueil.

« Son âme au ciel, son cœur sous terre,
« Sous vos larmes tressailleront.
« Mes fleurs, votre amour éphémère,
« Jamais ne la réveilleront.

« Car elle est là, pour tous, bien morte,
« Espérant vous revoir un jour ;
« Et la douce odeur que je porte,
« C'est le parfum de son amour.

« Quand vous verrez que je m'effeuille,
« Rappelez-vous de Dolorès ;
« Sa vie est morte feuille à feuille,
« L'arbre de gloire est son cyprès.

« Pourtant la pauvre créature
« M'a dit encor de vous bénir,
« Et dans le ciel son âme pure
« Attend la vôtre pour s'unir! »

Mars 1874.

LES ADIEUX.

Mon cœur lassé de tout, même de l'espérance,
N'ira plus de ses vœux importuner le sort.

LAMARTINE.

Adieu ! vous que mon cœur choisissait pour sa mère.
Je vous quitte aujourd'hui ; mais la rive étrangère
Retentira toujours de votre nom chéri.
Votre cœur généreux au loin sera béni.
Ah ! quel que soit mon sort et votre destinée,
Mon cœur triste et pensif offrira chaque année,
En voyant loin de vous reparaître ce jour,
Un souvenir constant de mon sincère amour.
Adieu, puisqu'il le faut, ma bonne et tendre amie.
Plus tard, dans le Seigneur, l'âme à l'âme est unie ;
Mais déjà maintenant votre cher souvenir
Est gravé dans mon cœur, et n'y saurait périr.

Et vous, absent trop cher, si vous pensez encore
A la sainte amitié que votre cœur ignore,
S'il vous souvient parfois du douloureux adieu
Que mon âme a depuis, hélas ! offert à Dieu....
S'il vous souvient enfin de ma douleur amère,
Apprenez à prier. — Comme une messagère,
Votre âme doucement s'élevant vers les cieux
Pour vos amis absents offrira ses doux vœux;
Et vos cœurs séparés sur cette pauvre terre
Seront unis au ciel par la sainte prière.

Adieu ! temple béni, sanctuaire divin,
Qui fus souvent témoin de mes noires tristesses.
Toi qui comblais mes vœux au jour de l'allégresse;
Où le cœur de Jésus fixait mon grand dessein.
Oh ! tu seras toujours bien cher à ma mémoire.
Ton souvenir fera mon bonheur et ma gloire.

Adieu ! Tombe sacrée, où fréquemment nos cœurs
Retrouvaient du courage en répandant des pleurs.
Sur ton enfant chérie, ô ma mère adorée,
Veille comme autrefois, du haut de l'empirée.
Entends mon dernier vœu, daigne me protéger;
Sur le vaste océan, garde-moi du danger.

Adieu ! c'est pour toujours, famille bien-aimée;
Qu'ai-je dit, pour toujours ? Non, ma foi ranimée
M'éclaire en ce moment; je l'écoute et je crois
A cet espoir divin que me donne sa voix.
Nous jouirons un jour, protégés par Marie,
De l'immortelle joie, au ciel notre patrie.
Alors, tous réunis dans le sein du Seigneur,
Un éternel *vivat* fera notre bonheur.

Avril 1874.

Typographie Lahure, rue de Fleurus, 9, à Paris.

www.ingramcontent.com/pod-product-compliance
Ingram Content Group UK Ltd.
Pitfield, Milton Keynes, MK11 3LW, UK
UKHW021116230726
13926UKWH00002B/522